# LA LLEGADA DE LA PRIMAVERA

EN EL PUEBLO DONDE VIVE EMMA, EL INTENSO invierno se apodera de todo. Ella es una niña curiosa y de espíritu alegre, que ama las estaciones del año y, sobre todo, la naturaleza. Aunque el invierno no es su estación preferida, la pequeña disfruta cada momento, y emprenderá una aventura llena de alegría y nuevos descubrimientos mientras llega su estación favorita. Pero… ¿qué descubrirá Emma a lo largo de su aventura?

## Valores implícitos:

Mediante este cuento, se transmiten importantes valores como la paciencia, el amor por la naturaleza, la gratitud y el optimismo. Este valor nos anima a mantener una mentalidad optimista incluso en las situaciones más desafiantes.

Alexandra Hodgson Wilson

# LA LLEGADA DE LA
# PRIMAVERA

Ilustrado por  Jess Sanmiguel

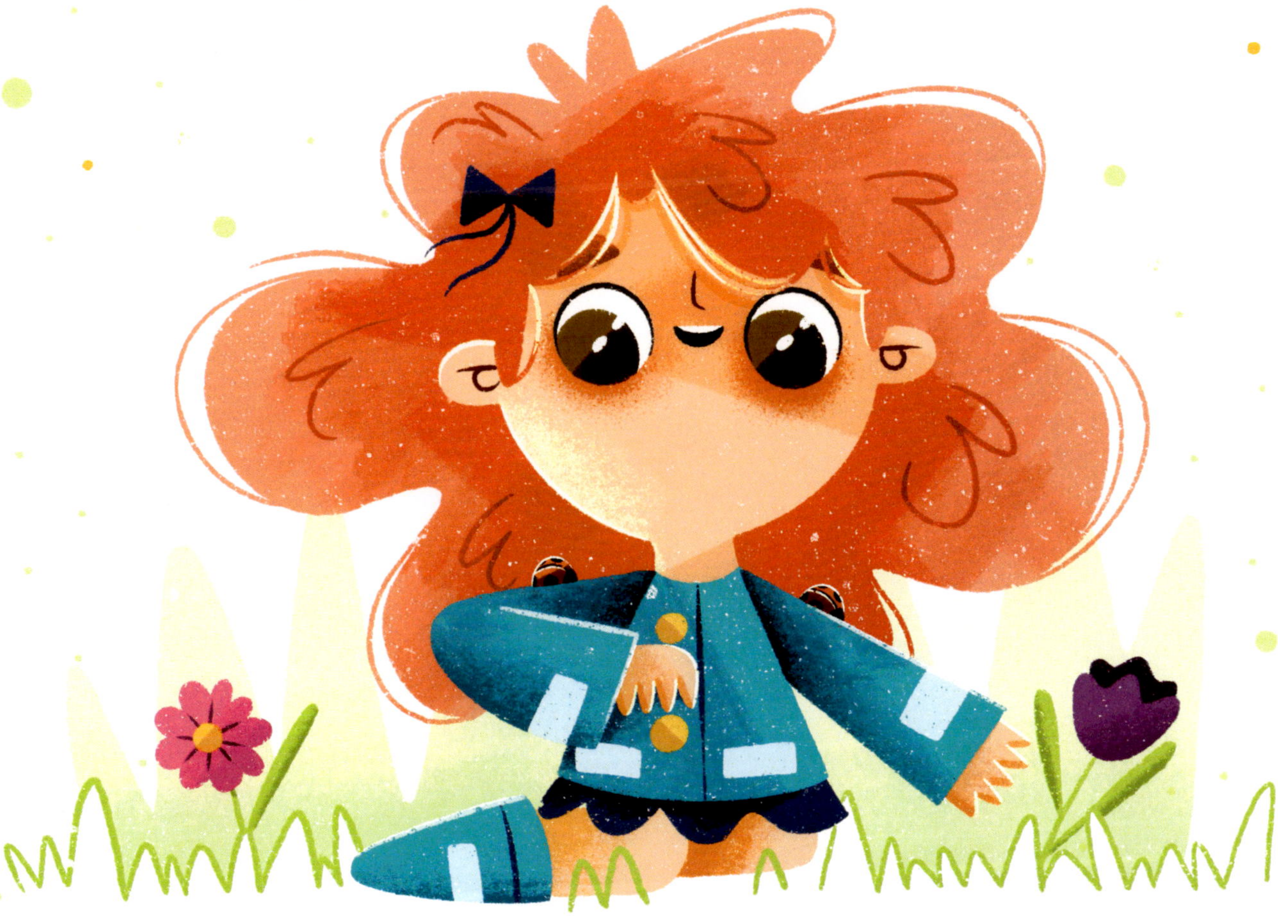

En un pequeño pueblo, ubicado entre colinas, vive una niña llamada Emma. Es una niña alegre que amaba todo sobre el mundo que la rodeaba, pero había una cosa que amaba más que cualquier otra: las estaciones. Estaba fascinada por cómo el mundo se transformaba con cada estación que pasaba, y esperaba ansiosamente la llegada de la primavera.

El invierno se había apoderado del pueblo con fuerza, cubriendo todo con una espesa capa de nieve. A medida que los días se hacían más cortos y fríos, Emma se abrigaba con su abrigo favorito y se aventuraba a salir. Se maravillaba con los brillantes copos de nieve mientras bailaban en el aire; le encantaba atraparlos con su lengua y jugar junto a los niños del pueblo.

Pero por mucho que Emma disfrutara del invierno, no pudo evitar anhelar los colores vibrantes y la calidez que traería la primavera. Pasaba horas mirando por la ventana, imaginando el mundo transformándose ante sus ojos. Esperaba ansiosamente el día en que la nieve se derritiera y las flores florecieran una vez más.

Una mañana, Emma se despertó con el sonido de los pájaros cantando fuera de su ventana. Saltó de la cama y corrió hacia la ventana. Su corazón se aceleró de emoción. Para su sorpresa, vio un petirrojo encaramado en una rama, y su pecho, rojo brillante, sobresaliendo contra la nieve blanca.

—¡El petirrojo está aquí! ¡Se acerca la primavera! —exclamó Emma con alegría.

Se puso apresuradamente el abrigo, los guantes y el sombrero, y salió corriendo. Sintió una sensación de anticipación en el aire mientras iba dando giros y saltos de alegría por el pueblo.

Siguieron pasando los meses mientras Emma aprendía cosas nuevas sobre las estaciones, y guardaba una colección de hojas que se caían en cada estación.

En una hermosa mañana, Emma abrió la ventana de su cuarto y notó que la nieve comenzaba a derretirse, revelando parches de hierba verde debajo. Los árboles habían permanecido desnudos durante tanto tiempo, y de ellos ahora brotaban pequeños tallos. El aire se sentía fresco y refrescante, llevando el aroma de una nueva vida.

Así que se alistó y salió corriendo de alegría hacia el pueblo. Mientras continuaba su caminata, vio un bonito lugar con un portón grande y hermoso; era un campo lleno de preciosas flores. Lirios, tulipanes y jacintos pintaban el paisaje con tonos vibrantes. Emma decidió entrar y admirar las flores. Se arrodilló, acariciando suavemente los finos pétalos de cada una. Su delicada fragancia llenó sus sentidos, y no pudo evitar sonreír.

Emma pasó todo el día en el campo, disfrutando del calor del sol y contemplando cómo la naturaleza despertaba de su sueño invernal. Observó mariposas revoloteando de flor en flor, abejas zumbando afanosamente y mariquitas arrastrándose a lo largo de las hojas verdes. Era como una sinfonía maravillosa, orquestada por la propia naturaleza.

A medida que avanzaba la primavera, Emma descubrió aún más maravillas. Se acostaba boca arriba en los prados, viendo nubes esponjosas flotar en el cielo. Se subía a los árboles para ver más de cerca a las aves que construían sus nidos. Salpicaba en charcos después de una ducha de primavera, sintiendo las gotas frías en su piel.

Pero, sobre todo, a Emma le encantaba el sentimiento de esperanza que trajo la primavera. Vio cómo el mundo podía transformarse de un lugar frío y estéril, a uno vibrante y animado. Aprendió que, así como la naturaleza pasaba por ciclos, también lo hacía la vida. La primavera le recordó que, incluso en los momentos más oscuros, siempre había un rayo de luz y la promesa de nuevos comienzos.

A medida que los días se hacían más largos y cálidos, la aldea de Emma se convirtió en un caleidoscopio de colores. Los árboles estaban adornados con abundantes hojas verdes, y las flores brotaban por todas partes. Los aldeanos se sentían tan felices de volver a ver el pueblo tan alegre que realizaban picnics junto a sus familias en los campos de flores que duraban semanas.

Emma sabía que la primavera no duraría para siempre, pero apreciaba cada momento que pasaba en su abrazo. Ella entendió que la belleza de cada temporada era fugaz, pero eso la hacía aún más preciosa. Y cuando se despidió de la primavera, sabía que el verano, el otoño y el invierno serían momentos únicos y especiales a lo largo de su aventura.

INDIE

Emma

A partir de ese día, Emma aprendió a apreciar la belleza de cada estación. Ella esperaba ansiosamente cada cambio, sabiendo que traería nuevas aventuras y descubrimientos. Y sin importar la temporada, Emma llevaba el espíritu de la primavera dentro de su corazón, siempre abrazando las maravillas del mundo que la rodeaba.

Ayuda al amiguito de Emma a encontrar el camino correcto
para acompañarla en su aventura por las estaciones

# Encuentra las
# 5 DIFERENCIAS

Dibujo original

Encuentra aquí los errores

## La llegada de la primavera

© del texto: Alexandra Hodgson Wilson
© de las ilustraciones: Jess Sanmiguel
© del diseño y corrección: Equipo BABIDI-BÚ

© de esta edición:
Editorial BABIDI-BÚ, 2024
Avda. San Francisco Javier, 9, 6ª, 23
Edificio Sevilla 2
41018 - SEVILLA
Tlfn: 912.665.684
info@babidibulibros.com
www.babidibulibros.com

Impreso en España
Primera edición: octubre, 2024

ISBN: 978-84-10412-51-4
Depósito Legal: SE 1873-2024